독자 여러분에게

여러분이 들고 있는 이 책은 여러분을 환상적인 모험으로 이끌 거예요. 무민 골짜기에 사는 무민 가족, 친구들과 함께 말이에요. 책 속 이야기는 제 고모인 토베 얀손이 75년 전에 쓴 '무민 시리즈'에 바탕을 두고 있어요. 여러분의 부모님, 부모님의 부모님이 읽었을지도 모를 이야기예요!

어렸을 때 저는 부모님이 책을 읽어 주는 시간이 정말 좋았어요. 몸을 웅크리고 부모님의 팔에 안겨 책에 실린 그림을 보면서 이야기에 귀를 기울이고, 이야기가 머릿속에서 새로운 그림을 만들어 내는 게 얼마나 환상적이었는지 몰라요. 그때가 하루에서 가장 즐거운 순간이었고, 그래서 저는 지금까지도 책 읽기를 좋아해요. 이 책을 읽는 여러분도 무슨 일이든 일어날 수 있는 무민 골짜기, 그 신비로운 세계로 모험을 떠날 수 있기를 바라요!

소피아 얀손

토베 얀손의 조카딸

토베 얀손과
무민 골짜기의 친구들

무민 골짜기와
무민의 첫 겨울

토베 얀손 원작

알렉스 하리디, 세실리아 다비드손 각색 | 마이아 옌손 그림 | 이유진 옮김

어린이 작가정신

외로운 산

겨울의
무민 골짜기

북
북서
북동
서
동
남서
남동
남

무민 가족과 친구들

무민

호기심이 강하고 다정합니다. 친구들과 함께 여행하며 모험하기를 특히 좋아하지요. 하지만 모험이 너무 무서워지면 무민마마를 찾기도 합니다.

무민마마

늘 앞치마를 두르고 손가방을 들고 다닙니다. 손가방 안에는 보송보송한 양털 양말, 배앓이 가루약과 캐러멜 등 필요한 건 뭐든 들어 있습니다. 온화하고 자상해서 찾아오는 누구에게나 잠자리를 내어준답니다.

무민파파

한때 세상을 떠돌던 모험가였지만, 지금은 무민 가족의 든든한 기둥입니다. 그래도 가끔은 젊었을 때처럼 낯선 모험을 그리워하기도 해요.

미이

이름은 '세상 가장 작은 존재'라는 뜻입니다. 몸집이 무척 작아서 못 가는 곳이 없습니다. 어떤 말이든 거리낌 없이 하는 거침 없는 성격이며, 짓궂고 겁도 없습니다.

투티키

무민 가족의 배에서 지내곤 합니다. 침착하고 어떤 문제든 해결할 방법을 알고 있습니다. 하지만 먼저 나서서 알려 주는 법도 없고, 듣기 좋은 말을 하지도 않습니다.

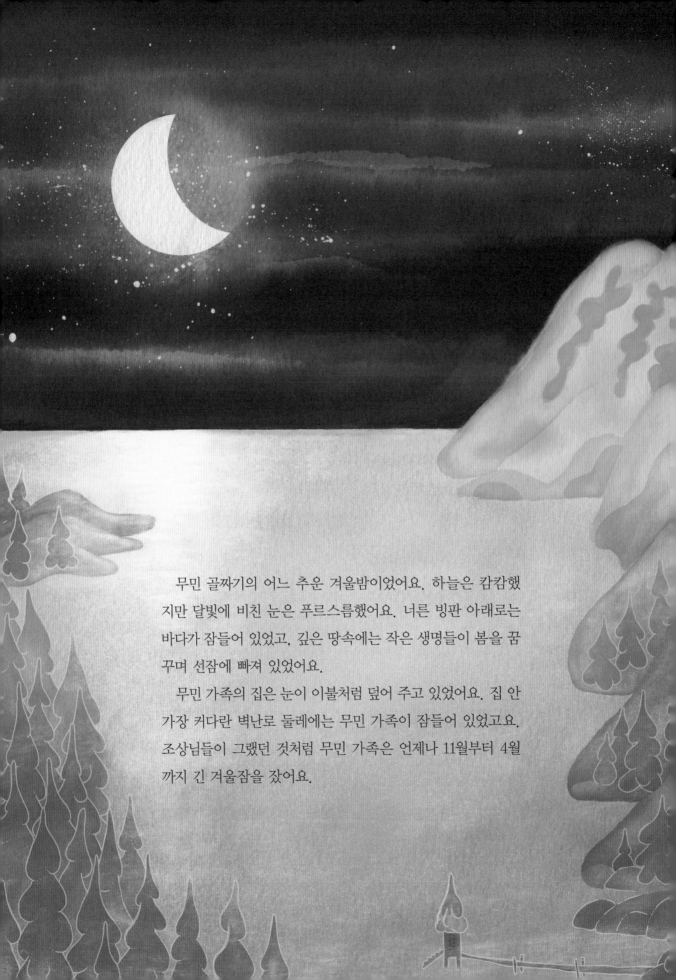

무민 골짜기의 어느 추운 겨울밤이었어요. 하늘은 캄캄했
지만 달빛에 비친 눈은 푸르스름했어요. 너른 빙판 아래로는
바다가 잠들어 있었고, 깊은 땅속에는 작은 생명들이 봄을 꿈
꾸며 선잠에 빠져 있었어요.

　무민 가족의 집은 눈이 이불처럼 덮어 주고 있었어요. 집 안
가장 커다란 벽난로 둘레에는 무민 가족이 잠들어 있었고요.
조상님들이 그랬던 것처럼 무민 가족은 언제나 11월부터 4월
까지 긴 겨울잠을 잤어요.

어느 순간, 달빛 한 줄기가 창에 비쳐 들었어요.

빛줄기는 이리저리 돌아다니다 무민의 얼굴을 똑바로 비추었어요. 그러자 전에 한 번도 없던 일이 일어났어요. 무민이 겨울잠에서 깬 거예요!

깜짝 놀란 무민은 얼어붙은 창문으로 비치는 달빛을 보고 자리에서 일어났어요. 그리고 살금살금 엄마의 침대로 갔어요.

무민은 엄마의 귀를 살짝 잡아당겼어요. 하지만 엄마는 잠에서 깨기는커녕 몸을 뒤척이다 웅크리기만 했어요.

무민은 무민마마가 덮고 있는 이불을 끌어당기며 소리쳤어요.

"엄마! 일어나세요!"

하지만 무민마마는 일어나지 않았어요. 겨울잠에 빠지면 일어날 수 없거든요. 무민은 세상에 혼자 남겨진 것만 같았어요. 그래서 엄마의 침대 옆 깔개에 몸을 웅크렸어요.

긴긴 겨울밤은 계속 이어졌어요.

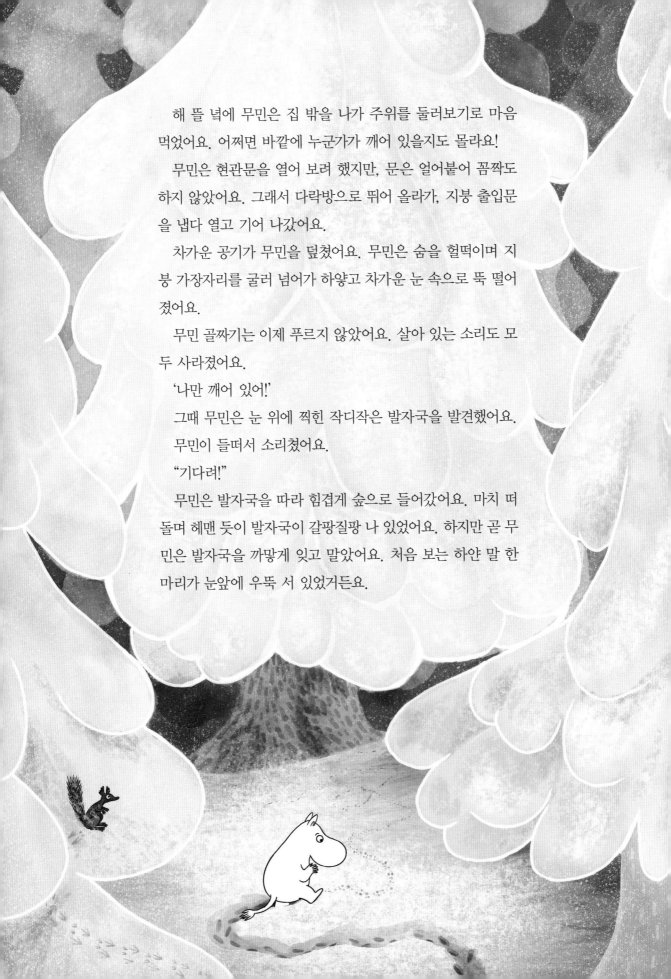

해 뜰 녘에 무민은 집 밖을 나가 주위를 둘러보기로 마음
먹었어요. 어쩌면 바깥에 누군가가 깨어 있을지도 몰라요!
무민은 현관문을 열어 보려 했지만, 문은 얼어붙어 꼼짝도
하지 않았어요. 그래서 다락방으로 뛰어 올라가, 지붕 출입문
을 냅다 열고 기어 나갔어요.
차가운 공기가 무민을 덮쳤어요. 무민은 숨을 헐떡이며 지
붕 가장자리를 굴러 넘어가 하얗고 차가운 눈 속으로 뚝 떨어
졌어요.
무민 골짜기는 이제 푸르지 않았어요. 살아 있는 소리도 모
두 사라졌어요.
'나만 깨어 있어!'
그때 무민은 눈 위에 찍힌 작디작은 발자국을 발견했어요.
무민이 들떠서 소리쳤어요.
"기다려!"
무민은 발자국을 따라 힘겹게 숲으로 들어갔어요. 마치 떠
돌며 헤맨 듯이 발자국이 갈팡질팡 나 있었어요. 하지만 곧 무
민은 발자국을 까맣게 잊고 말았어요. 처음 보는 하얀 말 한
마리가 눈앞에 우뚝 서 있었거든요.

무민이 공손하게 인사했지만, 말은 움직이지 않았어요. 그제야 무민은 말이 눈으로 만들어졌다는 사실을 깨달았어요.

이윽고 투티키가 숲속에서 걸어 나왔어요. 물이 담긴 양동이를 양손에 하나씩 든 채, 투티키가 말했어요.

"말에게 이 물을 부을 거야. 그러면 말은 얼어서 얼음이 돼. 그리고 엄청난 추위가 오면 말은 있는 힘껏 달려가서 두 번 다시 돌아오지 않아."

무민은 잠시 아무 말도 없었어요. 그러더니 말했어요.

"눈을 잘 모르겠어."

"나도 그래. 눈은 차갑지만, 눈으로 만든 집은 따뜻해. 눈은 부드러울 수도 있고, 돌보다 더 단단할 수도 있어. 확실히 알 수가 없어서 난 차라리 마음이 편해."

하지만 무민은 달랐어요. 오히려 햇빛과 푸른 나무들이 정말이지 너무 그리웠어요!

"야호!"

언덕 위에서 누가 은쟁반을 타고 쏜살같이 내려오면서 소리쳤어요.

"비켜! 조심해!"

곧이어 꽈당! 무민과 부딪혔어요. 무민은 날아가서 눈 속에 나동그라졌어요. 그런데 옆에서 익숙한 웃음소리가 들렸어요.

무민은 너무 기뻐서 정신없이 눈을 헤치고 나와 소리쳤어요.

"미이! 넌 상상도 못 할 거야……. 자다가 깨어났는데 다시 잠들 수가 없었다니까. 얼마나 외로웠는지……. 겨울은 너무 무서워. 너도 기억나지? 지난여름에……."

하지만 미이는 지난여름에 있었던 일은 신경 쓰지 않았어요.

"봤어? 내 공중제비 멋졌지? 응?"

신이 나서 소리친 미이는 은쟁반 썰매를 또 타러 언덕으로 뛰어 올라갔어요.

무민은 한숨을 내쉬었어요.

조금 있다, 투티키가 펑펑 내리는 눈을 뚫고 저벅저벅 걸어왔어요.
"오늘 저녁에는 집에서 나오지 마. 곧 그 여자가 올 거야."
무민이 물었어요.
"그 여자가 누군데?"
"엄청난 추위."
"추위가 여자야?"
"응, 얼음 여왕이지. 여왕은 무척 아름다워. 하지만 네가 여왕의 얼굴을 똑바로 보면 넌 딱딱한 빵처럼 얼어붙어서 산산조각 날지도 몰라. 그러니까 이제 나는 물놀이 오두막에서 꼼짝도 안 할 거야."
무민과 미이는 투티키를 따라가기로 했어요. 얼음 여왕이 왔을 때 친구와 함께 있고 싶었거든요.
셋이 오두막으로 가는 길에 이름이 '꼬리가 예쁜 다람쥐'라는 작은 다람쥐를 만났어요.
투티키가 다람쥐에게 충고했어요.
"엄청난 추위가 올 거야. 집에서 나오면 안 돼."
"여기 어디서 내 솔방울 못 봤니? 잃어버렸어."
"못 봤어. 그건 그렇고, 내 말 잊지 마."
투티키가 말했지만, 다람쥐는 이미 뛰어가 버린 뒤였어요.

셋이 황량한 과수원을 지날 때, 무민이 말했어요.
"지난여름에 여기서 사과나무가 자랐어."
투티키는 돌아보지도 않고 대답했어요.
"하지만 지금은 눈이 쌓여 있지."
크고 어두운 바다로 내려갔을 때 무민은 혼잣말처럼 속삭였어요.
"여기서 잠수하곤 했는데."

물놀이 오두막은 따뜻했고 탁자에는 무민마마의 파란 찻주전자가 놓여 있었어요. 모든 게 예전과 똑같았지만, 어쩐지 달라진 느낌이 들었어요.

투티키는 따뜻한 생선 수프를 끓여 주었어요.

무민이 물었어요.

"얼음 여왕은 언제 와?"

투티키는 심각한 표정으로 "곧."이라고 대답했어요.

미이가 조바심을 내며 들뜬 목소리로 말했어요.

"빨리 오면 좋겠다!"

셋은 창에 얼굴을 대고 밖을 내다보았어요.

멀리서 얼음 여왕이 다가오고 있었어요. 갑자기 얼굴이 시릴 만큼 창유리가 차가워져서 무민은 슬그머니 뒤로 물러났어요. 투티키가 더는 내다보면 안 된다고 해서 모두 난로 옆에 모여 앉았어요.

이제 얼음 여왕이 오두막에 다다랐어요. 차디찬 공기가 뜨거웠던 난로를 창백하게 만들고 지나간 뒤, 모두 창밖을 내다보러 달려갔어요.

얼음 여왕이 오두막을 등진 채 몸을 숙여 뭔가를 들여다보고 있었어요.

투티키가 말했어요.

"다람쥐야. 집 밖으로 나가면 안 된다는 걸 잊어 버렸어."

다람쥐는 마법에 홀린 듯 얼음 여왕의 차갑고 파란 눈을 똑바로 보았어요.

얼음 여왕은 다람쥐의 귀 뒤를 살짝 긁어 주더니, 미소를 짓고는 떠났어요.

무민과 미이와 투티키가 서둘러 다람쥐에게 뛰어갔어요. 다람쥐는 작은 네 다리를 허공에 뻗은 채 누워 있었어요.

"다람쥐가 죽었네. 이제 저 아름다운 꼬리로 귀여운 토시를 만들 수 있겠어."

미이의 말에 무민이 소리쳤어요.

"그럴 수는 없어! 다람쥐는 무덤 속에서도 꼬리가 있어야 해. 내가 땅을 팔 거야."

투티키가 슬픈 목소리로 말했어요.

"하지만 무민, 꼬리가 있다고 죽은 다람쥐가 기뻐할지 모르겠어. 더구나 지금 땅은 얼어붙어서 돌처럼 단단해. 메뚜기 한 마리도 파 묻을 수 없을 거야."

무민이 투티키를 맥없이 바라보았어요. 무민은 다람쥐의 장례식을 제대로 치러 주고 싶었어요.

그때 미이가 말했어요.

"저기 봐!"

눈으로 만든 말이 빠른 걸음으로 다가왔어요. 말은 조심스럽게 다람쥐의 냄새를 맡더니, 등에 올리고 바닷가로 향하기 시작했어요. 발굽에 얼음이 느껴지자, 말은 기뻐서 힘껏 내달렸어요.

투티키가 말했어요.

"결국엔 다 괜찮아질 거야."

며칠이 지나, 작고 여윈 개 한 마리가 무민 골짜기에 다다랐어요.
개는 자신을 '소리우'라고 소개했어요. 그리고 저기 멀리 떨어진 골짜
기에 먹을 것이 바닥나서 겁 많고 조금 이상한 밤 동물들이 모두 무
민 골짜기로 오고 있다고 말했어요.

소리우는 걱정이 가득한 얼굴로 말했어요.

"누가 그러던데, 여기에 잼을 보관하는 지하실이 있대. 하지만 뜬
소문이겠지."

미이가 장작 헛간 뒤의 둥근 더미를 가리키며 말했어요.

"저기 있어!"

무민이 얼굴을 붉히며 말했어요.

"가족들이 자는 동안 우리 가족 물건은 내가 지킬 거야."

소리우가 풀이 죽어 고개를 끄덕였어요. 그 모습이 정말 안타깝고
불쌍해 보였어요.

한숨을 내쉰 무민은 마지못해 입을 열었어요.

"알았어. 하지만 가장 오래된 잼부터 먹는 거 잊으면 안 돼."

이윽고 골짜기는 무민의 집을 찾아온 손님들로 북적였어요. 누구와도 어울리지 않고, 아무도 존재를 믿지 않던 온갖 생명들이었어요.

저녁에 무민은 손님들이 모두 집 안으로 들어올 수 있도록 창문 하나를 조심스럽게 깨뜨렸어요. 손님들은 하나둘 깔개와 탁자보 안에 자리 잡고 잠들었어요.

무민은 혹시 누가 밖에 남아 있나 살피러 다시 나갔어요. 소리우가 달빛 아래에 앉아 늑대들의 울음소리에 귀를 기울이고 있었어요.

소리우가 무민에게 속삭였어요.

"크고 힘센 내 형제들이야. 내가 얼마나 형제들을 그리워하는지 아마 넌 모를 거야."

"늑대들이 무섭지 않아?"

"무서워. 그래서 더 슬퍼."

이렇게 말한 소리우는 바다로 뛰어 내려가 오두막에 숨었어요. 그리고 늑대들의 꿈을 꾸려고 잠을 청했어요.

　해가 뜨면서 골짜기는 날카로운 호른 소리와 함께 잠에서
깼어요. 웬 헤물렌이 널빤지 두 쪽 비슷한 것을 타고 언덕을
내려오고 있었어요. 반짝이는 놋쇠 호른을 부는 헤물렌은 기
분이 좋아 보였어요.

　무민은 생각했어요.

　'저 친구는 잼을 많이 먹겠는걸.'

　헤물렌이 곧장 정원 주위의 냄새를 맡더니 말했어요.

　"완벽해! 여기에 눈으로 집을 지어야겠어."

　무민이 말했어요.

　"우리 집에서 지내도 돼."

　"집 안에서 지내는 건 건강에 좋지 않아. 신선한 공기를 마
셔야지!"

　무민은 투티키에게 달려가 헤물렌이 한 말을 들려주었어요.

　투티키는 심각하게 말했어요.

　"아니, 그런 헤물렌이 오다니. 이제 조용히 지낼 수 없겠어."

아침마다 헤뮬렌 때문에 손님들 모두 일찌감치 일어나야 했
어요. 헤뮬렌은 눈으로 오두막 짓기, 얼음 물놀이 같은 겨울
놀이를 하자고 시끄럽게 떠들어 댔어요.
"무민, 스키 타는 법을 가르쳐 줄게."
무민이 중얼거렸어요.
"아니야, 안 하는 게 좋겠어. 고마워."
그래도 헤뮬렌은 아랑곳 않고 무민의 발에 스키를 신겨 주
었어요.
"겁먹지 마. 무릎을 구부리고 몸을 앞으로 숙여!"
무민은 등을 떠밀려 내리막길을 그대로 출발했어요. 처음에
는 스키가 서로 다른 방향으로 벌어졌어요. 그러더니 서로 부
딪히면서 스키 지팡이와 엉키는 바람에 무민은 데굴데굴 굴러
눈밭에 파묻혔어요. 그야말로 엉망진창이었어요.

아무도 더는 헤뮬렌과 어울리려고 하지 않았어요.
무민은 생각했어요.
'헤뮬렌이 이 사실을 눈치채기 전에 내보내야 해. 그리고 우
리 잼이 몽땅 바닥나 버리기 전에.'

어느 날 밤, 소리우는 늑대 형제들의 소리를 들으러 살금살금 밖으로 나갔어요. 그때 정원에서 속삭이는 대화 소리가 들렸어요.

어둠 속에서 투티키의 목소리가 말했어요.

"누군가는 헤물렌에게 떠나라고 말해야 해."

무민이 말했어요.

"그렇지만 말할 엄두가 안 나."

"그럼 속이기라도 해야지. 헤물렌한테 외로운 산의 언덕이 스키 타기에 훨씬 더 좋다고 말해."

"거기에는 벼랑이랑 가시투성이 바위밖에 없잖아."

"헤물렌은 알아서 잘할 거야. 아니면 헤물렌이 아무도 자기를 좋아하지 않는다는 걸 알게 되는 게 낫겠어?"

그날 밤, 소리우는 누워서 곰곰이 생각했어요.

'헤물렌을 위험한 언덕으로 보내 버리려나 봐. 헤물렌에게 경고해야 해! 아무도 헤물렌을 좋아하지 않더라도 그래선 안 돼!'

소리우는 너무 걱정스러워 밤새 한숨도 못 자고, 아침이 되어서야 겨우 잠이 들었어요. 그리고 자고 또 잤어요.

무민은 스키 타기 좋은 언덕에 있는 헤물렌을 찾아갔어요.

"안녕, 무민! 내 스키 빌려 줄까?"

"고맙지만 지금은 괜찮아."

무민은 마지못해 말을 이었어요.

"외로운 산에 좋은 언덕이 있다는 이야기를 해 주러 왔어.
엄청 거대해서 언덕길이 위아래로 끊임없이 이어져!"

헤물렌이 기뻐했어요.

"정말이야? 바로 살펴보러 가야겠네!"

무민은 얼굴이 새빨개져서 소리쳤어요.

"하지만 외로운 산은 위험해!"

"괜찮아. 바로 떠나야겠어!"

"아니야! 제발 가지 마. 네가 떠나면 모두 아쉬워할 거야."

"그래, 그렇게까지 부탁하면 하는 수 없지."

해 질 녘, 소리우는 너무 늦었다는 끔찍한 느낌과 함께 눈을 번쩍
떴어요. 뒤이어 헤물렌이 떠올랐어요.

소리우는 서둘러 오두막을 뛰쳐나갔어요. 바깥은 달빛조차 비치지
않았고 눈만 펄펄 내리고 있었어요.

눈으로 만든 헤물렌의 집에는 아무도 없었어요!

소리우는 곧장 외로운 산으로 향했어요. 소리우가 남긴 발자국은
내리는 눈에 빠르게 덮여 버렸어요.

그사이, 무민은 바닷가로 내려가고 있었어요. 헤물렌이 외로운 산으로 떠나지 않았다는 생각을 할수록 마음이 가벼워져서 무민의 발걸음도 점점 더 가벼워졌어요.

눈송이가 하나, 또 하나 무민의 얼굴에 내려앉았어요. 무민은 눈 내리는 하늘을 쳐다보며 생각했어요.

'이게 겨울이구나! 이제 겨울도 좋아!'

눈이 점점 더 세차게 내리기 시작했어요. 얼어붙은 바다 위로 눈보라가 소용돌이치며 치솟았어요. 바닷가는 빠르고 사납게 어두워져 갔어요.

　이윽고 눈보라가 무민을 덮쳤어요. 세상이 마구 휘날리는 축축한 눈에 온통 휩싸인 것 같아 정신을 차릴 수 없었어요. 바람까지 무민을 밀쳐서 쓰러뜨렸어요.

　처음에 무민은 너무 무서웠어요. 뒤이어 화가 났지요. 무민이 벌떡 일어나 눈보라를 향해 소리쳤지만, 물론 아무 소용이 없었어요.

　그때 바람이 조금 누그러졌어요. 무민은 버티고 맞서 싸우지 않기로 했어요. 그러자 바람은 휘몰아치는 눈 속으로 무민을 이끌었어요. 무민은 마치 나는 듯이 오두막에 다다랐어요.

오두막은 눈보라를 피해 온 이들로 북적거렸어요.

투티키가 심각한 얼굴로 무민에게 말했어요.

"소리우가 눈보라에 길을 잃었어."

"헤물렌은 어디 있어?"

"소리우를 찾으러 나갔어."

그러더니 투티키는 미소를 지으며 말을 이었어요.

"무민, 너 헤물렌한테 외로운 산에 관해 이야기했나 보더라. 거기
언덕이 위험하다고 헤물렌이 그러던걸."

무민이 부루퉁하게 대답했어요.

"그게 뭐 어때서."

투티키가 더 크게 미소를 지었어요.

"헤물렌은 우리가 자기를 정말 많이 좋아한다고 기뻐했어."

무민이 입을 열었어요.

"그게 아니라, 내 말은……."

"괜찮아. 우리도 이제 헤물렌을 좋아하게 될 것 같으니까."

소리우는 지칠 대로 지쳐서 눈밭에 쓰러졌어요. 절대로 헤물렌을 찾을 수 없을 것 같았어요. 되돌아가야 한다고 생각했지만, 눈이 발자국을 모두 지워 버려서 길을 잃고 말았어요. 소리우는 눈앞이 캄캄해졌어요.

그때 소리우는 늑대 형제들이 떠올랐어요. 형제들이 구해 줄지도 몰라요! 소리우가 별을 향해 고개를 들고 울부짖었어요. 그러자 늑대들의 대답 소리가 들려왔어요. 그것도 아주 가까이에서 들렸지요. 소리우는 덜컥 겁이 났어요.

늘대들이 줄곧 소리우를 지켜보고 있었던 걸까요? 소리우의 주위로 매서운 눈빛이 불타오르듯 빛났어요. 늘대들은 조용히 소리우를 에워싸고 점점 가까이 다가오기 시작했어요. 소리우는 자신이 그동안 잘못 생각했다는 사실을 깨달았어요. 늘대들은 소리우의 형제가 아니었어요.

바로 그 순간, 맑은 호른 소리가 숲속에 퍼졌어요. 그 바람에 나무 위에 쌓인 눈이 후두두 떨어졌고 늘대들은 도망가 버렸어요.

헤물렌이 눈밭에 우두커니 서서 바들바들 떨고 있는 소리우에게 말했어요.

"겨우 찾았네!"

헤물렌은 보온병에 담아 온 따뜻한 우유를 소리우에게 건넸어요.

이제 헤물렌은 무민 골짜기 쪽으로 걸음을 옮겼어요. 그 뒤를 가만가만 따라가는 소리우와 함께 말이에요.

눈보라가 지나가자, 손님들도 하나둘 떠났어요. 봄이 오고 있었고, 모두 집이 그리웠거든요.

손님들은 작은 잼 단지를 한 통씩 가져갔어요. 헤물렌과 소리우는 월귤 잼 한 통을 같이 가져갔어요.

마침내 집에는 무민, 미이와 투티키만 남았어요.

"에취!"

무민은 목이 칼칼하고 코가 이상하게 아주 커진 느낌이 들었어요.

"추워. 들어가야겠어……."

응접실은 추웠어요. 무민은 깔개를 여러 장 겹쳐 덮었지만, 그렇다고 더 따뜻해지지는 않았어요.

"에취!"

그때 무민마마가 잠에서 깼어요. 그동안 무민마마는 헤물렌이 호른을 불어도 일어나지 않았어요. 벽난로에서 눈보라가 울부짖어도, 손님들이 집 안을 어지르고 돌아다니며 소란을 떨어도 일어나지 않았어요.

하지만 지금, 무민마마가 눈을 뜨고 말했어요.

"무민, 밖에 나갔다가 감기에 걸렸구나."

무민마마는 일어나자마자 과일 차를 끓이러 곧장 부엌으로 향했어
요. 무민은 부끄러워서 서둘러 말했어요.

"엄마, 설거지를 못 했어요."

"그래, 그래. 다 괜찮아."

차를 마시자 몸이 따뜻하고 포근해진 무민은 베개에 얼굴을 파묻
고 그대로 잠이 들었어요.

다시 무민이 일어났을 때는 무민마마가 어질러진 집을 말끔히 청
소하고 깨진 창도 고친 뒤였어요.

무민은 얼굴을 붉히며 엄마에게 말했어요.

"잼은 다 떨어졌을 거예요……."

"그렇더구나. 엄마가 부끄럽지 않게 우리 무민이 손님들을 잘 대접
한 모양이야. 고맙구나."

"엄마, 정말 너무너무 사랑해요."

얼마 뒤, 무민은 산책을 나갔다가 깡충깡충 뛰어가는 작은 다람쥐와 마주쳤어요. 크고 복슬복슬한 꼬리털이 특히 눈에 띄었어요.

다람쥐가 무민에게 인사했어요.

"즐거운 봄 보내."

"네 이름이 꼬리가 예쁜 다람쥐야?"

"맞아."

무민이 소리쳤어요.

"정말 너야? 얼음 여왕을 만났던?"

"기억 안 나. 있잖아, 나는 아주 잘 잊어버려."

그러더니 다람쥐는 깡충깡충 뛰며 숲으로 향했어요.

무민이 들떠서 생각했어요.

'정말 봄이 오고 있다면 스너프킨도 곧 돌아올 거야! 아, 스너프킨에게 이야기해 줄 게 얼마나 많은지 몰라!'

무민은 너무 기뻐서 달리기 시작했어요. 녹아내리기 시작한 눈을 밟고 내달리면서 다른 마음은 들지 않았어요. 그저 너무 행복했어요.

옮김 이유진

한국외국어대학교 대학원 영어영문학과와 스웨덴 스톡홀름대학교 문화미학과에서 문학석사 학위를 받았습니다. 노르웨이, 덴마크, 스웨덴 문학작품을 우리말로 옮기고 있으며, 옮긴 책으로『작은 무민 가족과 큰 홍수』, 토베 얀손 원작 그림책『그다음에 무슨 일이 있었을까요?』『누가 토플을 달래 줄까요?』『위험한 여행』『무민 가족의 집에 온 악당』, 토베 얀손 무민 연작소설『혜성이 다가온다』『마법사가 잃어버린 모자』『보이지 않는 아이 : 아홉 가지 무민 골짜기 이야기』, 〈무민 골짜기 이야기〉 시리즈 등이 있습니다.

무민 골짜기 이야기
무민 골짜기와 무민의 첫 겨울

초판 1쇄 인쇄일_2024년 11월 19일 | 초판 1쇄 발행일_2024년 12월 3일
원작_토베 얀손 | 각색_알렉스 하리디, 세실리아 다비드손 | 그림_마이아 옌손 | 옮김_이유진
펴낸이_박진숙 | 펴낸곳_작가정신 | 출판등록_1987년 11월 14일(제1-537호)
책임편집_윤소라 | 디자인_이현희 | 마케팅_김영란 | 관리_이하은
주소_(10881) 경기도 파주시 광인사길 143 2층 | 전화_(031)955-6230 | 팩스_(031)955-6294
이메일_kids@jakka.co.kr | 홈페이지_www.kidsjakka.co.kr

ISBN 979-11-6026-987-1 74890
ISBN 979-11-6026-600-9 (세트)

Mumintrollen och Den första snön
Based on Mumintrollen by Tove Jansson
Retold by Alex Haridi, Cecilia Davidsson
Illustrated by Maya Jönsson
Copyright ⓒ Moomin Characters™
Korean Translation Copyright ⓒ Jakkajungsin 2024
Originally Published by Bonnier Carlsen Bokförlag, Stockholm
Korean Publication rights arranged by Seoul Merchandising Co., Ltd.
All rights reserved.

원작 **토베 얀손**

1914년, 조각가 아버지와 일러스트레이터 어머니 사이에서 태어났습니다. 1945년부터 발표하기 시작한 '무민' 시리즈로 1966년 어린이 문학의 노벨상이라 불리는 '한스 크리스티안 안데르센상'을 수상하고 핀란드 최고 훈장을 받았습니다. 2001년 6월 27일, 고향 헬싱키에서 86세로 세상을 떠날 때까지 그림책과 동화, 코믹 스트립 등 무민 시리즈뿐만 아니라 소설과 회화 등 다양한 분야에서 여러 작품을 남겼습니다. 무민 시리즈는 텔레비전 만화영화 및 뮤지컬로도 제작되었으며, 동화의 무대인 핀란드 난탈리에는 무민 테마파크가 세워져 해마다 방문객이 끊이지 않고 있습니다.